Britta Kummer

Weihnachtsgeschichten

...

und noch mehr

Britta Kummer

Weihnachtsgeschichten

...

und noch mehr

© 2015 Britta Kummer

Alle Rechte vorbehalten.

Kontakt: e-Mail info.britta-kummer@t-online.de

Website: http://brittasbuecher.jimdo.com/

Covergestaltung: Peter Jentsch

http://www.pjart.de/

Bilder: http://pixabay.com/

© 2015 Herstellung und Verlag: BoD - Books on Demand,
Norderstedt

www.bod.de

ISBN: 978-3-7386-4553-8

Bibliografische Information der Deutschen Nationalbibliothek:

Die Deutsche Nationalbibliothek verzeichnet diese Publikation in der Deutschen Nationalbibliografie; detaillierte bibliografische Daten sind im Internet über http://dnb.d-nb.de abrufbar.

Inhaltsverzeichnis

Geschichten	Seite 07
Erinnerung an den Nikolaus	Seite 08
Der Weihnachtsengel	Seite 11
Der faule Weihnachtself	Seite 13
Das kleine Rentier	Seite 17
Erinnerungen, Traditionen, Rituale	Seite 20
Ein besonderes Weihnachtsgeschenk	Seite 22
Der hässliche Weihnachtsbaum	Seite 24
Weihnachtsgedicht	Seite 27
Weihnachtsmorgen	Seite 28
Leckere Versuchungen	Seite 30
Spekulatius-Dessert	Seite 31
Zimt-Apfel-Muffins	Seite 32
Orangen-Schoko-Plätzchen	Seite 33
Aprikosen-Schoko-Würfel	Seite 34
Honig-Zimt-Riegel	Seite 36
Mandel-Rosinen-Plätzchen	Seite 37
Zimt-Rolle	Seite 38
Amaretto-Knabberei	Seite 39
Walnuss-Knabberei	Seite 40
Vanille-Sterne	Seite 41

Schmarren mit karamellisierten Birnen   Seite 42

Schoko-Nougat-Schnitten   Seite 44

Zimtsterne   Seite 46

Mandel-Ecken   Seite 47

Obst-Kokos-Makronen   Seite 48

Anis-Orangen-Ecken   Seite 49

Weihnachtsmarmelade   Seite 50

Weihnachtszucker   Seite 51

Buchtipps   Seite 52

Autorenprofil   Seite 58

Danke

Geschichten

Erinnerung an den Nikolaus

An die Adventszeit als Kind erinnere ich mich immer wieder gerne zurück. Und besonders an den 6. Dezember, den Nikolaustag. Am Abend zuvor habe ich immer meine Schuhe vor die Tür gestellt und gehofft, dass sie am nächsten Morgen mit vielen leckeren Sachen gefüllt waren. Natürlich versuchte ich, lange wach zu bleiben, auch wenn meine Eltern mir das verboten haben. Ich wollte doch einfach nur sehen, wie die Leckereien verteilt werden. Aber gelungen ist mir das nie. Irgendwie bin ich stets vorher eingeschlafen. Und dabei wollte ich den Nikolaus doch so gerne kennenlernen. Doch in der 1. Klasse hatte ich dann das Vergnügen.

Wir saßen alle im Klassenzimmer. Draußen schneite es bereits, und als wir aus dem Fenster schauten, konnten wir erkennen, dass ein Mann mit weißem, langen Bart und rotem Mantel aus dem Wald kam. Über seiner Schulter trug er einen großen Sack. Er kam immer näher und wir schauten uns alle verwundert an. Dann konnten wir ihn nicht mehr sehen und auf einmal klopfte es an der Tür. Die Lehrerin sagte freundlich: „Herein" und dieser Mann, den wir aus dem Wald haben kommen sehen, betrat das Klassenzimmer.

Mit tiefer Stimme sagte er: „Hallo liebe Kinder, ich bin es, der Nikolaus. Freut ihr euch?" Aber wir waren alle zu überrascht über diesen Besuch, dass wir ihn nur mit großen Augen ansahen und keinen Ton von uns gaben. Er sagte noch einmal: „Hallo liebe Kinder" und diesmal brachten einige von uns ein leises: „Hallo Nikolaus" heraus. Obwohl er freundlich aussah, hatten wir alle ein bisschen Angst vor ihm.

Er holte ein dickes Buch aus seinem Sack und schlug es auf. „Wollen wir mal sehen, was mir das Buch verrät. Wer von euch dieses Jahr lieb oder böse war." Er rief jeden Namen auf und erzählte, was in diesem Buch über die entsprechende Person stand. Einige Kinder wurden gelobt, andere ermahnt. Ich gehörte zu den Kindern, die gelobt wurden und das freute mich sehr. Natürlich hatte ich auch schon einmal etwas angestellt, aber das war nie so schlimm, dass es aufgeschrieben werden musste.

Nach dem gemeinsamen Singen bekamen wir alle vom Nikolaus eine Tüte mit Süßigkeiten. Wir wunderten uns sehr, dass er Jakob vergessen hatte und noch bevor jemand etwas sagen konnte, erhob er ernst seine Stimme und sagte: „Nun habe ich hier noch einen besonderen Fall, den Jakob." Der Junge schaute ihn schüchtern an.

„Über dich steht hier so viel Schlechtes in meinem Buch, dass ich das alles gar nicht vorlesen möchte. Deshalb bekommst du von mir als Bestrafung für deine schlechten Taten eine Rute und keine Süßigkeiten. Das ist eben so, böse Kinder bekommen nichts Schönes."

Der Nikolaus reichte sie ihm. „Mein Junge, lass dir gesagt sein, wenn du dich nicht besserst, werde ich es dem Weihnachtsmann sagen und dann bekommst du auch keine Geschenke zu Weihnachten. Willst du das? Versuche doch mal nett zu den Mädchen zu sein. Du musst sie doch nicht immer ärgern und ihnen ihr Pausenbrot klauen. Genauso schön wäre es, wenn du deiner Mutter mal zu Hause etwas helfen würdest. Sie tut doch auch alles für dich. Das kann doch nicht so schwer sein, oder? Du kannst mir glauben, ich werde dich bis Weihnachten beobachten, ganz genau beobachten und sollte ich nicht merken, dass du zumindest versuchst, dich zu bessern, bekommst du vom Weihnachtsmann keine Geschenke. Dafür sorge ich."

Ich schaute Jakob an und konnte anhand seines Blickes sehen, dass er sich Gedanken über die Worte des Nikolaus machte. Dann verließ dieser unser Klassenzimmer. Ich stellte fest, dass Jakob sehr traurig darüber war, dass er der Einzige war, der eine Rute bekommen hatte. Er tat mir leid und ich gab ihm etwas von meinen Süßigkeiten ab.

„Glaubst du, das stimmt, dass ich keine Geschenke vom Weihnachtsmann bekomme?", fragte er mich.

„Natürlich stimmt das. Versuch doch einfach, dich zu bessern", sagte ich einfühlsam. „Ich helfe dir auch gerne dabei und gebe dir Ratschläge." Irgendwie tat er mir immer mehr leid, als ich ihn da mit seiner Rute in der Hand so traurig auf seinem Stuhl sitzen sah. Obwohl ich keinen Grund gehabt hätte, ihm zu helfen. Denn ich war auch eines der Mädchen, das ständig von ihm geärgert wurde. Und ob ihr es glaubt oder nicht, die Worte des Nikolaus hatten ihre Wirkung. Jakob änderte sich, er klaute keine Pausenbrote mehr und war hilfsbereit und freundlich. Und als er mir dann nach Weihnachten glücklich erzählte, dass der Weihnachtsmann ihm doch Geschenke gebracht hatte, freute mich das sehr. Seitdem sind Jakob und ich die besten Freunde.

Der Weihnachtsengel

Nun war es endlich wieder so weit. Das Weihnachtsfest stand vor der Tür. Der kleine Engel freute sich schon das ganze Jahr darauf, seinen Behälter verlassen zu dürfen, um dann an der Spitze des geschmückten Weihnachtsbaumes zu hängen. So langsam musste es doch Zeit sein dachte er sich, aber nichts passierte. Er konnte zwar sehen, da er in einem Glasbehälter aufbewahrt wurde, dass andere Kisten und Kartons aus dem Schrank genommen wurden, aber nach ihm griff keiner. Hatten sie ihn vergessen oder war er in den Augen der Menschen einfach nicht mehr hübsch genug? Sicher, er war nicht mehr der Jüngste und hatte schon viele Weihnachten erlebt, aber ihn deswegen einfach zu vergessen?!

Er wurde immer trauriger. Wie schön war es jedes Mal, wenn er von der Spitze des Baumes beobachten konnte, wie die Menschen sich über Weihnachten freuten. Den Glanz in den Augen der Kinder, wenn sie ihre Geschenke auspacken durften. Der besondere Duft, der während dieser Zeit durchs Haus zog. All das sollte er jetzt nicht mehr erleben dürfen, nur weil er alt war.

Er hatte schon die Hoffnung aufgegeben, als er eine Kinderstimme hörte.

„Oma, wo ist denn der Engel?"

„Ach Kleines, der ist nicht mehr schön, den können wir nicht nehmen", hörte der Engel eine weitere Stimme sagen.

„Aber Oma, ich habe ihn doch so gerne. Ohne ihn fehlt Weihnachten etwas. Bitte, bitte, lass ihn uns aus seinem Behälter nehmen." Hoffnung darauf, dieses Weihnachten doch noch miterleben zu dürfen, wurde immer größer.

Dann wurde er endlich herausgenommen. Man hatte ihn doch nicht vergessen. Als das kleine Mädchen ihn vorsichtig anfasste und ihn dann sanft in ihren Händen hielt, konnte er sein Glück kaum fassen. Sie schaute ihn liebevoll und mit leuchtenden Augen an. Vorsichtig trug sie ihn zu dem bereits geschmückten Weihnachtsbaum und bat die Oma darum, ihn an der Spitze des Baumes zu befestigen.

Als er dann von der Baumspitze herab auf das kleine Kind schaute, konnte er sehen, dass sie ihn glücklich und mit strahlenden Augen ansah und er freute sich so sehr darüber, diese glücklichen Kinderaugen zu sehen. Er wusste genau, dass sie ihm ein ganz besonderes Geschenk zu Weihnachten gemacht hat, indem sie ihm erlaubte, auch in diesem Jahr wieder an diesem schönen Fest teilnehmen zu dürfen. Und deshalb wollte er ihr auch einen Gefallen tun und versuchte, besonders schön und hübsch für sie auszusehen.

So stand für den kleinen Engel, genau wie für das kleine Mädchen einem schönen gemeinsamen Weihnachtsfest nichts mehr im Wege.

Der faule Weihnachtself

Peter war ein Weihnachtself, der im Dienst des Weihnachtsmannes stand. Aber Peter war anders als die anderen Weihnachtselfen. Alles das, was einen Weihnachtselfen auszeichnet, wie gerne zu arbeiten, fleißig zu sein und alles dafür zu tun, damit die Geschenke in der Weihnachtsfabrik pünktlich hergestellt werden, fehlte Peter. Er hatte keinen Spaß an der Arbeit, blieb morgens lieber im Bett liegen und wenn er einmal ein Spielzeug fertig gestellt hatte, funktionierte es nicht. Nun hatte der Weihnachtsmann die Nase voll von Peter, denn schließlich musste er sich auf seine Elfen verlassen können. Also setzte er Peter ein Ultimatum.

„Wenn du dich jetzt nicht anstrengst und das tust, wofür ich dich eingestellt habe, schmeiße ich dich raus", sagte der Weihnachtsmann ernst. „Und ich werde überall verbreiten, dass dich die Kinder nicht interessieren, für die du die Geschenke herstellst. Und dass du schuld bist, wenn die Kinder zu Weihnachten unglücklich sind", fügte er noch hinzu. Damit hätte Peter nicht gerechnet und daran schuld zu sein, dass es keine glücklichen Kinderaugen gibt, wollte er auch nicht. Also flehte er den Weihnachtsmann um Verzeihung an und bat ihn um eine letzte Chance beweisen zu können, dass er sich auf ihn verlassen kann.

Da kam dem Weihnachtsmann eine Idee. Er zeigte Peter den ganz besonderen Wunschzettel, eines kleinen Mädchen, das sich von ganzem Herzen eine Puppe zum Spielen wünschte. Da ihre Familie sehr arm war, hatte sie kein Spielzeug und deshalb erhoffte sie sich nun vom Weihnachtsmann diese Puppe. Irgendwie berührte Peter diese Geschichte und er wollte, dass sie zu Weihnachten glücklich war.

„Das ist deine letzte Chance", sagte der Weihnachtsmann. „Bekommst du diese Puppe nicht hin, wird dieses Mädchen zu Weihnachten kein Geschenk bekommen und sehr traurig sein. Willst du, dass sie am Weihnachtsabend enttäuscht wird oder glaubt, wir hätten sie vergessen. Ich möchte ihre traurigen Kinderaugen nicht sehen."

Peter gingen die Worte des Weihnachtsmannes sehr nahe. „Weihnachtsmann, glaub mir, du kannst dich auf mich verlassen, ich werde die schönste Puppe machen, die du je gesehen hast", sagte er überzeugend.

„Denk daran, du hast nur noch einen Tag, dann muss sie fertig sein. Und ich verlange, dass sie wunderschön wird, damit die Kleine immer an dieses Weihnachtsfest zurückdenkt." Er hatte noch nicht richtig ausgesprochen, da lief Peter schon in Richtung Werkstatt und machte sich an die Arbeit, und als die anderen Elfen ihre Arbeit niederlegten, war Peter immer noch fleißig. Die anderen Elfen wunderten sich sehr über Peter, so kannten sie ihn nicht, waren aber froh darüber, dass er nun endlich das tat, wofür ein Weihnachtself da war. Und so wie es aussah, hatte er richtig Spaß an der Arbeit.

Kurz bevor der Weihnachtsmann am nächsten Tag losfliegen wollte, um die Geschenke der Kinder zu verteilen, kam Peter völlig außer Atem zu ihm gerannt. „Fertig!", sagte er. „Ich habe es geschafft. Schau nur, wie schön sie geworden ist. Ich habe extra ein besonders schönes Puppenkleid entworfen, und schau, sie kann sogar ihre Augen auf und zu machen. Und das Haar habe ich so hergestellt, dass man es kämmen kann, ohne dass Haare dabei verloren gehen."

Der Weihnachtsmann schaute sich die Puppe mit kritischen Augen an, aber er konnte keine Fehler erkennen. „Gut gemacht, Peter", lobte er den Elf. „Ich bin richtig stolz auf dich. Sie wird sich bestimmt sehr über dieses Geschenk freuen und du hast damit dafür gesorgt, dass sie an diesem besonderen Tag sehr glücklich sein wird." Stolz schaute Peter den Weihnachtsmann an und nickte.

„Was ist los, Peter? Irgendetwas liegt dir doch noch auf dem Herzen, das sehe ich an deiner Nasenspitze, rück schon raus mit der Sprache."

„Ich würde so gerne dieses Mädchen sehen. Darf ich die Geschenke mit ausliefern?"

Verwundert schaute der Weihnachtsmann seinen Elf an. „Gut, ausnahmsweise nehme ich dich mit." Peter strahlte und hüpfte vor lauter Freude von einem Bein auf das andere und konnte es gar nicht abwarten, bis es losging.

Aufgeregt saß er am nächsten Tag neben dem Weihnachtsmann im Schlitten. Als sie an dem Haus ankamen und die Geschenke unter den Weihnachtsbaum gelegt hatten, warf Peter einen Blick in das Zimmer der Kleinen. Sie schlief tief und fest, aber er war von ihrem Anblick so verzaubert, dass er auf dem ganzen Rückflug nur an ihren Anblick denken konnte.

Einige Wochen nach Weihnachten kam der Weihnachtsmann mit einem Brief zu dem Elf. Verwundert schaute dieser ihn an. „Ich denke das solltest du lesen", sagte er zu ihm und reichte ihm das Schreiben.

Peter schaute auf die Nachricht und als er sie durchgelesen hatte, standen ihm die Tränen in den Augen. Das kleine Mädchen hatte dem Weihnachtsmann geschrieben und sich für die schöne Puppe bedankt. Besonders die Worte: „So ein schönes Weihnachten hatte ich noch nie", freuten Peter sehr. Er konnte sehen, dass etwas auf das Papier getropft hatte und er vermutete, dass sie geweint hatte, als sie diesen Brief schrieb. Und je öfter er diese Zeile las, stiegen auch ihm Tränen in die Augen.

Der Weihnachtsmann legte ihm die Hand auf die Schulter und sagte: „Nun weißt du hoffentlich, wie wichtig es ist, den Kindern ein schönes Fest zu bereiten. Diese Kleine wir dieses so schnell nicht vergessen und dank dir war sie so glücklich wie schon lange nicht mehr. Denke immer daran, dass die Kinder ohne uns zu Weihnachten traurig sind und weinen und das darf nicht sein."

Peter schaute den Weihnachtsmann an und anhand seines Blickes wusste dieser, dass er sich in Zukunft auf ihn verlassen kann, um Kinderherzen glücklich zu machen, damit alle Weihnachten glücklich und zufrieden sind.

Das kleine Rentier

Nick war ein kleines Rentier und lebte beim Weihnachtsmann. Sein größter Wunsch war es, einmal mit ihm zu fliegen, um den Kindern ihre Geschenke zu bringen, aber er war noch zu klein.

Immer wieder sagten die anderen Rentiere zu ihm: „Du bist zu klein, du musst abwarten, bis es so weit ist", aber das wollte er nicht mehr. Er fühlte sich stark genug für diese Aufgabe und machte sich auf den Weg, den Weihnachtsmann davon zu überzeugen, ihn beim nächsten Mal mitzunehmen. Aber auch dieser sagte ihm nichts anderes, als dass er noch zu klein für so eine verantwortungsvolle Aufgabe war.

Enttäuscht und mit hängendem Kopf verließ Nick das Haus des Weihnachtsmannes. Konnte denn keiner verstehen, wie wichtig es für ihn war, den Kindern ihre Geschenke zu bringen? Er wollte doch auch endlich dieses besondere Gefühl spüren, wie es ist, Menschen und vor allem Kinder glücklich zu machen.

Er kannte dies nur aus Erzählungen der anderen Rentiere und beneidete sie sehr darum, aber es nutzte nichts, er durfte auch in diesem Jahr nicht mitfliegen. Und wer weiß, vielleicht wurde er gar nicht mehr größer. Sollte das dann heißen, er dürfte nie den Schlitten ziehen? Wozu wurde er dann überhaupt geboren, wenn er zu nichts zu gebrauchen war? All diese Gedanken schwirrten durch seinen Kopf und er redete sich ein, nutzlos und kein richtiges Rentier zu sein.

Seine Freunde waren in dieser Situation auch nicht gerade hilfreich. Sie hatten alle schon einmal den Schlitten gezogen, auch wenn es nur zur Probe war, falls mal ein anderes Tier ausfiel, aber der Weihnachtsmann hatte ihnen zumindest schon einmal das Vertrauen geschenkt. Dies war natürlich nicht gerade förderlich für sein

Selbstvertrauen und ihm wurde immer schwerer ums Herz. Er ging gar nicht mehr aus seinem Stall heraus und tat sich selber leid. So bekam er auch nicht mit, dass in der Weihnachtsstadt eine große Rentiergrippe ausbrach. Er wunderte sich nur, als auf einmal der Weihnachtsmann vor ihm stand.

„Ich brauche deine Hilfe. Mir fehlt ein Rentier. Alle, die in Frage kommen, sind noch krank oder zu schwach. Hilfst du mir? Ohne dich können wir nicht fliegen." Nick traute seinen Ohren nicht, als er das hörte. Vor lauter Freude hüpfte er von einem Bein auf das andere.

„Ich glaube, das ist ein Ja", hörte er den Weihnachtsmann lachend sagen. Vor lauter Begeisterung stieß er einen lauten Freudenschrei aus, sodass alle hören konnten, wie glücklich er war.

Nick konnte kaum abwarten, bis es so weit war und je näher sein großer Tag kam, desto nervöser wurde er. „Was, wenn doch alle recht haben, dass ich noch zu klein dafür bin", hämmerte es in seinem Kopf. „Was, wenn durch mich die Kinder nicht rechtzeitig ihre Geschenke bekommen?" All diese Fragen quälten ihn und ihm wurde ganz elend. Auch war es nicht gerade hilfreich, dass Nick mit seinen Freunden nicht üben konnte. Die meisten der Rentiere gehörten der Ersatzmannschaft an, aber immerhin konnten sie schon mehrfach unter Beweis stellen, dass man sich auf sie verlassen kann. Nur Nick war ein absoluter Neuling. Aber schließlich hatte er schon so lange auf diesen Tag gewartet und deshalb durfte einfach nichts schief gehen.

Er redete sich immer wieder ein: „Das schaffe ich. Der Weihnachtsmann vertraut mir und deshalb werde ich ihn nicht enttäuschen. Nur Mut, wenn ich mein Bestes gebe, kann nichts schief gehen." Er versuchte, sich damit Mut zuzusprechen.

Dann war es so weit, die Elfen machten den Schlitten fertig und beluden ihn mit den vielen Geschenken. Als Nick sah, wie viele es waren, wurde ihm wieder etwas flau in der Magengegend. Doch noch bevor er sich zu viele Gedanken machen konnte, stand der Weihnachtsmann neben ihm. Er streichelte ihm sanft den Hals und sagte: „Kleiner, ich verlass mich auf dich. Jetzt kannst du zeigen, was in dir steckt. Denk an die Kinder. Die sind es, die enttäuscht sind, wenn wir nicht rechtzeitig da sind, aber ich vertraue dir. Du schaffst das, da bin ich mir ganz sicher" Und als Nick diese letzten Worte hörte, wurden Kräfte in ihm geweckt, die er vorher noch nie gespürt hatte.

„Auf geht's Jungs!", sagte er energisch zu seinen Rentierfreunden und seine positive Energie durchströmte auch die anderen Tiere. Kraftvoll zogen sie den Schlitten an, hoben ab und machten sich auf den Weg, die vielen Geschenke zu verteilen.

Als sie wieder zurück waren, war Nick sehr, sehr glücklich. Sicher, es war ziemlich anstrengend, alles auszuliefern, aber sie hatten es pünktlich und ohne Probleme geschafft und das war das Wichtigste. Abends bekam Nick noch einmal Besuch vom Weihnachtsmann, der ihm wieder den Hals streichelte und sagte: Ich bin so stolz auf dich, du hast Weihnachten gerettet. Durch deine Hilfe gibt es jetzt wieder viele glückliche Kinder." Als Nick das hörte, wusste er, dass er nun endlich ein richtiges und vollwertiges Rentier war.

Erinnerungen, Traditionen, Rituale

Die Familie ist für uns das Wichtigste. Deshalb erinnere ich mich auch immer so gerne an diese vorweihnachtliche Zeit. Sie war so schön.

Wir, Oma, Opa, Mama, Papa, meine kleine Schwester und ich, sind eine ganz normale Familie und wohnten alle zusammen in einem großen Haus. Bei uns war immer richtig was los. Aber die schönste Zeit war für mich die Adventszeit.

Nach alter Familientradition wurden dann Plätzchen gebacken und Oma erzählte dabei spannende Geschichten. Wir Kinder halfen fleißig mit, aber wie ihr euch sicher vorstellen könnt, war das Naschen zwischendurch immer das Größte. Ich konnte davon nie genug bekommen. Und wie schön dann immer das ganze Haus roch. Die fertigen Plätzchen wurden vorsorglich versteckt, damit Papa und Opa sie nicht alle vorher auffutterten. Auch sie hatten eine große Schwäche für unsere Leckereien.

Dann kam der Höhepunkt der Vorweihnachtszeit, der 2. Advent. Da traf sich bei uns die ganze Familie zum Kaffeetrinken. Ich durfte für diesen Anlass ganz alleine die Festtafel decken. Überall standen kleine Kerzen, die unser Esszimmer in eine stimmungsvolle Atmosphäre hüllten. Die leckeren Plätzchen, an denen ich mich natürlich während des Anrichten des Tisches bediente, schließlich kann eine kleine Stärkung nicht schaden, stellte ich genau in die Mitte. Der Besuch brachte auch selbst Gebackenes mit und in munter Runde wurde sich über die süßen Köstlichkeiten hergemacht. Es wurde gelacht und gescherzt.

Danach holte Oma immer ihr großes Buch heraus und las vor. Gebannt lauschten wir Kinder und sogar die Erwachsenen gaben keinen Mucks von sich, denn sie konnte so herrlich vorlesen, sodass man das Gefühl hatte, selbst in der Geschichte zu sein und alles hautnah miterlebte.

So ging es Jahr für Jahr bis Oma eines Tage zu mir sagte: „Mein liebes Kind. Ich weiß nicht, wie viel Zeit mir noch bleibt. Deshalb schenke ich dir mein Buch. Ich habe es von meiner Großmutter erhalten und nun ist es an der Zeit, es weiterzugeben, um die alte Tradition fortzuführen."

„Ach Oma. Sag doch nicht so etwas. Ich will das Buch nicht. Außerdem kann ich nicht so gut vorlesen wie du."

„Mach dir keine Gedanken. Für mich ist es einfach wichtig zu wissen, dass die Tradition weitergeführt wird. Wir haben doch immer so viel Spaß. Bitte, es ist mir eine Herzensangelegenheit."

„Ich konnte nur nicken, brachte kein Wort heraus und meine Augen füllten sich mit Tränen."

Einige Jahre nach diesem Gespräch hatten wir noch mit Oma, bis sie dann von uns ging. Von nun an lag es an mir, die Familientradition fortzuführen und ich bekam es hin.

Meine Schwester und ich hatten inzwischen selbst eine Familie und wohnten ziemlich weit auseinander. Aber am 2. Advent trafen wir uns alle und hielten das Versprechen, das wir unserer geliebten alten Dame gegeben hatten. Und auch wenn sie nicht bei uns war, hatte ich immer das Gefühl, dass sie meine Hand hielt, als ich aus dem Buch vorlas. Wie ein Schutzengel gab sie mir die Kraft, dieses Erbe fortzusetzen.

Nun hoffe ich, dass ich dieses für uns besondere Buch irgendwann mal an meine Enkel weitergeben kann. Oma wäre so stolz darauf.

Ein besonderes Weihnachtsgeschenk

Ich heiße Emelie und gehe in die erste Klasse. Ich wohne mit meinen Eltern und meiner Oma in einem kleinen Dorf auf einem Bauernhof. Rund herum gibt es nur Wälder, Wiesen und Felder. Hier ist es sehr schön, aber am schönsten ist es in der Adventszeit, denn dann wird unser Garten immer mit kleinen Lampen geschmückt.

Natürlich backen wir auch immer viele Plätzchen und basteln aus Stroh und Pappe Sterne, Engel und anderen Weihnachtsschmuck. Ab dem 3. Advent bleibt unsere Wohnzimmertür verschlossen. Oma sagt, dass der Weihnachtsmann Zeit und Ruhe braucht, um alles vorzubereiten. Manchmal schaue ich durchs Schlüsselloch, aber erkennen kann ich nichts. Ich bin froh, wenn ich das letzte Türchen von meinem Adventskalender öffnen darf, denn dann weiß ich, dass endlich Weihnachten ist.

Bevor der Weihnachtsmann kommt, gehe ich mit Papa in den Wald, um die Tiere dort zu versorgen. Wir bringen ihnen frisches Heu, damit es auch ihnen an diesem besonderen Tag gut geht. Wenn viel Schnee liegt und es sehr kalt ist, warten die Tiere bereits auf uns.

Natürlich legen wir zu Hause für den Weihnachtsmann und seine Rentiere auch immer etwas Leckeres hin, damit sie sich stärken können. Dann geht es in den Stall, um unsere eigenen Tiere zu versorgen.

Als wir den Stall betraten, wartete eine große Überraschung auf uns. Unsere Mischlingshündin Susi hatte kleine Welpen bekommen. Die waren so süß.

Ich musste sofort Mama und Oma davon erzählen und auch sie freuten sich, dass endlich der langersehnte Nachwuchs da war.

Als ich ins Haus kam, stand die Wohnzimmertür schon offen und so wie es aussah, war der Weihnachtsmann bereits da. Die vorbereiteten Leckereien waren alle verspeist.

Der große Weihnachtsbaum strahlte mit vielen Lichtern und unsere gebastelten Sachen schmückten ihn. Ich konnte sehen, dass viele Päckchen unter dem Baum lagen. Nach dem Singen durfte ich endlich auspacken. Die Geschenke waren wunderbar, aber unser Hund hatte mir an diesem Weihnachten mit seinen Babys das schönste Weihnachtsgeschenk bereitet.

Einen Welpen durfte ich behalten. Ich taufte ihn auf den Namen „Donner", so wie eins der Rentiere des Weihnachtsmanns heißt.

Dieses Fest war so schön, dass ich es so schnell nicht vergessen konnte.

Der hässliche Weihnachtsbaum

Wie jedes Jahr wollte Familie Sorglos, bestehend aus Vater, Mutter und Klein-Ida, gemeinsam einen Weihnachtsbaum für das bevorstehende Weihnachtsfest kaufen. Das war schon Tradition, nur diesmal waren sie von der Zeit her sehr spät dran und die meisten Weihnachtsbäume bereits verkauft. Eine Baumschonung, in der man seinen eigenen Baum schlagen konnte, gab es in der Nähe nicht. Also mussten sie sich darauf hoffen, dass die Verkäufer in der Stadt noch welche hatten. Kein Baum gefiel Familie Sorglos, entweder war er zu klein oder zu krumm gewachsen oder sie hatten irgendetwas anderes an den Bäumen auszusetzen. Als sie beim letzten Baumhändler ankamen, sahen sie, dass dieser nur noch einen Baum hatte, an dem überhaupt nichts Schönes zu erkennen war.

Er war sehr klein, hatte nur vereinzelte kleine Zweige und die Baumspitze zeigte zur Seite. Aber aus welchem Grund auch immer, Ida mochte diesen Baum und fand ihn wunderschön.

„Papa, das ist genau der richtige Baum für uns", sagte sie zu ihrem Vater. „Ich weiß es genau."

„So ein Baum kommt mir nicht ins Haus", erwiderte er. „Bevor der aufgestellt wird, gibt es dieses Jahr zu Weihnachten überhaupt keinen."

Ida schaute ihren Vater entsetzt an. „Weihnachten ohne Weihnachtsbaum ist doch kein richtiges Weihnachten", sagte sie trotzig. „Bitte überleg es dir noch einmal."

„Nein, da gibt es nichts zu überlegen."

Ida fing an zu weinen. Die Tränen liefen ihr über die Wange. Sie konnte sich ein Weihnachtsfest ohne Baum nicht vorstellen. Er gehörte für sie dazu und es war für sie immer etwas Besonderes, ihn liebevoll zu schmücken. Doch der Vater blieb hart. Ida weinte immer mehr, bis sich schließlich die Mutter zu Wort meldete.

„Denk an die Kleine. Willst du ihr das ganze Fest verderben? Das willst du doch nicht", sagte die Mutter. „Du weißt genau, wie glücklich sie jedes Jahr mit ihrem Baum ist."

Der Vater dachte nach, ließ sich schließlich erweichen und der Baum wurde gekauft.

Ida konnte es kaum erwarten, bis sie zu Hause waren. Sie freute sich so sehr auf das Schmücken, sodass sie die Eltern während der ganzen Rückfahrt nervte, sie sollten sich beeilen. Zu Hause angekommen wurde er in den Ständer gestellt, aber er sah auch dort nicht besser aus.

„Das kriegst du nie hin, dass der schön aussieht, selbst mit Schmuck wird er immer hässlich bleiben, glaub es mir", sagte der Vater zu seiner Tochter. „Ich wünsche dir viel Spaß dabei, aber lass mich bitte mit dem Schmücken in Ruhe. Du wolltest dieses Ding und jetzt bist du auch dafür verantwortlich, wie er später aussieht. Ich will damit nichts zu tun haben."

Das Mädchen gab sich alle Mühe. In ihrem Kopf hatte sie genau ein Bild davon, wie das Endwerk aussehen sollte. Mit viel Liebe und Hingabe verwandelte sie dieses hässliche Etwas in ein kleines Kunstwerk. Überall hingen bunte Kugeln, kleine Engel und Lämpchen. Durch den Schmuck fiel die kleinen zweige nicht mehr auf. Nun musste nur noch der große Stern befestigt werden. Da Ida zu klein war und sie ihren Vater nicht fragen wollte, bat sie die Mutter um Hilfe. Trotz der krummen Baumspitze, ließ sich der Stern problemlos befestigen. Irgendwie war diese krumme Spitze wie für diesen Stern gemacht. „Fertig", sagte Ida. „Ist er nicht schön?! Das ist der schönste Weihnachtsbaum, den wir bisher hatten, genau so habe ich ihn mir vorgestellt", sagte sie strahlend.

Die Mutter nahm sie liebevoll in den Arm und lobte sie, dass sie aus diesem Baum so einen schönen Weihnachtsbaum gemacht hat. Nun kam auch der Vater ins Zimmer und traute seinen Augen nicht. War das wirklich der hässliche Baum, den sie gekauft hatten?

„Gut gemacht", lobte er seine Tochter und diese Worte aus seinem Mund zu hören machte sie sehr stolz.

„Nun wird es doch noch ein schönes Weihnachtsfest", sagte sie mit strahlenden Augen. Als die Eltern ihre Tochter so glücklich sahen, wurde ihnen richtig warm ums Herz. Nun wussten auch sie, dass das diesjährige Weihnachtsfest etwas ganz Besonderes werden würde und so war es dann auch.

Weihnachtsgedicht

Süßlicher Geruch und Tannenduft,

es liegt Weihnachten in der Luft.

Hell erstrahlen Weihnachtskerzen,

bringen Glück und Freude in unsere Herzen.

Vergesst für kurze Zeit den Alltagsstress.

Harmonie, Ruhe und Liebe soll sie euch bringen,

allen dafür ein gutes Gelingen.

Weihnachtsmorgen

Erwachen, gleich dem Aufstieg aus tiefem, dunklen Ozean,

der Dämmerung entgegen.

Ankunft in würzigem Duft und zarten Klängen.

Die Welt strahlt und funkelt in winzigen Lichtern,

bunt und in metallischen Farben,

spiegelt sich in strahlenden Kinderaugen wider.

Wünscheschwangere Atmosphäre,

schmerzhafte Sehnsucht nach Harmonie und Frieden.

Hoffnung und freudiges Erwarten

verdrängen die Traurigkeit über Ignoranz

und Grausamkeit in der Welt.

Feierlicher Herzschlag stützt den Appell:

Menschheit sei menschlich ... bitte!

Zumindest für diesen einen Tag ...

Das Radio intoniert all jene Weisen,

die seit Wochen in allen Räumen schweben.

Doch heute klingen sie lieblicher …

Frohgemute Spannung,

Freuen auf erstaunte Kinder und überraschte Verwandte,

auf schmackhafte Speisen und verführerischen Wein,

auf familiären Einklang.

Freude, diesen Tag leben zu dürfen ...

© Peter Jentsch

Leckere Versuchungen

Spekulatius-Dessert

Zutaten für 4 Personen:

♦ 300 g Apfelmus

♦ 300 g Vanillejoghurt

♦ 100 g Spekulatius

♦ 2 EL gehackte Pistazien

♦ 2 EL Zimt

Zubereitung:

Spekulatius zerbröseln.

Vanillejoghurt mit den Pistazien vermischen.

Abwechselnd Spekulatiusbrösel, Apfelmus und Joghurt in Cocktailgläser schichten. Nochmals wiederholen und dann mit Zimt bestreuen.

Tipp:

Anstatt gehackter Pistazien können Sie auch gehackte Nüsse verwenden.

Anstatt Spekulatius können Sie auch Lebkuchen verwenden.

Zimt-Apfel-Muffins

Zutaten für ca. 16 Muffins:

- 1 Apfel
- 100 g brauner Zucker
- 2 Eier
- 100 g Margarine
- 100 ml Milch
- 1 Päckchen Vanillezucker
- 150 g Mehl
- 2 TL Backpulver
- 100 g gehackte Nüsse
- 1 TL Zimt
- Muffinförmchen

Zubereitung:

Apfel schälen und reiben.

Eier, brauner Zucker, Margarine, Milch, Vanillezucker und Apfel vermischen. Mehl, Backpulver, Nüsse sowie Zimt unterheben und zu einem geschmeidigen Teig verrühren.

Diesen dann in die Muffinförmchen füllen und im vorgeheizten Backofen bei 180 Grad ca. 15 - 20 Minuten backen.

Tipp:

Anstatt Apfel können Sie auch Birne verwenden.

Orangen-Schoko-Plätzchen

Zutaten für ca. 50 Stück:

- 150 g Margarine
- 1 Ei
- 100 ml Orangensaft
- 140 g Weizenvollkornmehl
- 160 g Mehl
- 1 EL gehackte Mandeln
- 100g Schokoladenstreusel
- 90 g Puderzucker
- 1 Prise Salz

Zubereitung:

Puderzucker, Salz und Margarine cremig rühren. Ei, Orangensaft, Weizenvollkornmehl, Mehl, Mandeln sowie Schokoladenstreusel zufügen und zu einem Teig verkneten. Diesen dann in Klarsichtfolie wickeln und im Kühlschrank ca. 1 Stunde kühl stellen.

Teig dünn ausrollen, Plätzchen ausstechen und auf ein mit Backpapier belegtes Backblech geben. Im vorgeheizten Backofen bei 175 Grad ca. 15 Minuten backen.

Aprikosen-Schoko-Würfel

Zutaten:

- 250 g Walnüsse
- 50 g getrocknete Aprikosen
- 125 g Mehl
- 125 g Puderzucker
- 1 Fläschchen Rum Aroma
- 25 g Kakaopulver
- 150 g Zartbitterkuvertüre
- 200 g Vollmilchkuvertüre
- 1 TL Lebkuchengewürz
- 150 g Butter
- 2 EL Ahornsirup
- 2 Eier

Zubereitung:

Aprikosen fein hacken.

Walnüsse, Aprikosen, Mehl, Puderzucker, Kakaopulver, Rum Aroma und Lebkuchengewürz mischen.

Zartbitterkuvertüre mit der Butter schmelzen. Ahornsirup unter die Schokoladen-Butter ziehen. Dann die Eier zufügen. Mehlmischung vorsichtig unterheben.

Ein Backblech zur Hälfte mit Alufolie auslegen und einen Rand hochziehen. Masse darauf streichen und im vorgeheizten Backofen bei 175 Grad ca. 20 - 25 Minuten backen.

Vollmilchkuvertüre schmelzen und den etwas abgekühlten Teig damit bestreichen. Wenn die Kuvertüre getrocknet ist, in Würfel schneiden.

Tipp:
Anstatt getrockneter Aprikosen können Sie auch anderes getrocknetes Obst verwenden.

Honig-Zimt-Riegel

Zutaten:

- 120 g Mehl
- 300 g Haferflocken
- 2 - 3 TL Zimt
- 200 g flüssiger Honig
- 120 g Apfelmus
- 100 g Rosinen
- 3 EL Sonnenblumenkerne

Zubereitung:

Mehl, Haferflocken und Zimt vermischen. Honig und Apfelmus zugeben und gut miteinander vermengen. Rosinen und Sonnenblumenkerne unterheben.

Teig auf ein mit Backpapier ausgelegtes Backblech streichen und im vorgeheizten Backofen bei 175 Grad ca. 20 Minuten backen. Nach dem Abkühlen in Streifen schneiden.

Mandel-Rosinen-Plätzchen

Zutaten für ca. 28 Stück:

♦ 2 EL Aprikosenmarmelade

♦ 1 EL brauner Zucker

♦ 2 TL flüssige Sahne

♦ 1 TL Butter

♦ 100 g Mandelblättchen

♦ 50 g gehackte Mandeln

♦ 10 g kandierte Kirschen

♦ 20 g Rosinen

♦ Backoblaten

Zubereitung:

Aprikosenmarmelade, Zucker, Sahne und Butter vermengen und kurz aufkochen. Kirschen klein schneiden, mit den Mandeln, Mandelblättchen und Rosinen mischen und zu der aufgekochten Masse geben. Diese etwas abkühlen lassen und dann mit zwei Löffeln auf die Backoblaten verteilen.

Plätzchen auf ein mit Backpapier ausgelegtes Backblech geben und im vorgeheizten Backofen bei 200 Grad ca. 10 Minuten backen. Vor dem Verzehr auskühlen lassen.

Zimt-Rolle

Zutaten für 4 Personen:

◆ 120 g Mehl

◆ 200 ml Milch

◆ 1 Ei

◆ 2 EL Sonnenblumenöl

◆ 1 EL Puderzucker

◆ 1 Päckchen Vanillezucker

◆ 2 EL Zucker

◆ 1 - 2 EL Zimt

◆ 1 Prise Salz

Zubereitung:

Mehl und Milch mischen. Zucker und Vanillezucker hinzufügen. Ei und Salz unterheben, zu einem geschmeidigen Teig verrühren und diesen dann etwas ruhen lassen.

Sonnenblumenöl in einer Pfanne erhitzen und nach und nach die Pfannkuchen backen.

Diese etwas abkühlen lassen, mit Zimt bestreuen, zusammenrollen und mit Puderzucker bestäuben.

Amaretto-Knabberei

Zutaten für 2 Personen:

♦ 100 g Walnüsse

♦ 100 g Haselnüsse

♦ 100 g geschälte Mandeln

♦ 3 EL Amaretto

♦ 2 EL Vanillezucker

♦ 2 EL flüssiger Honig

♦ 2 TL Zimt

Zubereitung:

Vanillezucker, Honig und Amaretto in einen Topf geben und unter Rühren den Vanillezucker darin auflösen.

Wenn eine dickflüssige Masse entstanden ist, die Walnüsse, Haselnüsse und Mandeln unterheben. Die Masse dann auf ein mit Backpapier belegtes Backblech geben, mit Zimt bestreuen und trocknen lassen.

Wenn alles richtig getrocknet ist in mundgerechte Stücke schneiden.

Walnuss-Knabberei

Zutaten für 2 Personen:

♦ 40 halbierte Walnüsse

♦ 100 g weiße Schokolade

♦ 100 g Vollmilchschokolade

Zubereitung:

Schokolade in zwei unterschiedlichen Töpfen im Wasserbad schmelzen lassen. Die Hälfte der Walnüsse durch die weiße Schokolade, die andere Hälfte durch die Vollmilchschokolade ziehen, gut abtropfen und erkalten lassen.

Vanille-Sterne

Zutaten für ca. 50 Stück:

♦ 300 g Mehl

♦ 100 g Puderzucker

♦ 200 g Butter

♦ 2 EL gemahlene Mandeln

♦ 2 EL gemahlene Haselnüsse

♦ 2 Eier

♦ 1 Prise Salz

♦ 2 Päckchen Vanillezucker

♦ 2 Vanilleschoten

♦ 2 EL Puderzucker

Zubereitung:

Vanilleschoten längs aufschneiden und das Mark herauskratzen. Mit den restlichen Zutaten (außer Puderzucker) verrühren und daraus einen Teig herstellen. Diesen in Klarsichtfolie wickeln und ca. 2 Stunden kühl stellen.

Den Teig noch einmal kurz durchkneten, ausrollen und Sterne ausstechen. Im vorgeheizten Backofen bei 190 Grad ca. 10 - 12 Minuten backen. Abkühlen lassen und mit Puderzucker bestreuen.

Schmarren mit karamellisierten Birnen

Zutaten für 2 Personen:
- ♦ 4 Birnen
- ♦ 2 Eier
- ♦ 100 g Frischkäse
- ♦ 2 EL Mehl
- ♦ 2 EL brauner Zucker
- ♦ 1 EL Wasser
- ♦ 1 - 2 EL Butter
- ♦ 2 EL Zitronensaft
- ♦ 1 TL Speisestärke
- ♦ 2 EL Zimt

Zubereitung:
Eier trennen. Frischkäse mit Mehl und Eigelb verrühren. Eiweiß steif schlagen, dabei den Zucker einrieseln lassen. Dann vorsichtig unter den Frischkäse heben.

Butter in einer ofenfesten Pfanne erhitzen und die Masse eingießen. Die Pfanne in den vorgeheizten Backofen bei 160 Grad stellen und ca. 15 - 20 Minuten backen, bis die Oberfläche gebräunt und die Masse gestockt ist.

In der Zwischenzeit die Birnen schälen, vierteln, Kerngehäuse entfernen und in Spalten schneiden. Speisestärke mit Wasser anrühren. Zitronensaft in einem Topf erwärmen und mit der Stärke binden. Birnenspalten zufügen und bei schwacher Hitze ca. 3 Minuten köcheln lassen.

Die Pfanne aus dem Ofen nehmen. Den Teig vorsichtig mit einer Gabel zerreißen und mit den Birnenspalten belegen. Zum Schluss mit Zimt bestreuen.

Schoko-Nougat-Schnitten

Zutaten:
- 5 Eier
- 150 g Vanillezucker
- 125 g Nougat
- 125 g Vollmilchkuvertüre
- 100 g Mehl
- 100 g gemahlene Haselnüsse
- 100 g gemahlene Mandeln
- 1 Päckchen Backpulver
- 4 EL Puderzucker
- 2 - 3 EL Butter
- 1 Prise Salz

Zubereitung:
Eier trennen. Eiweiße mit der Prise Salz steif schlagen. 50 g Vanillezucker einrieseln lassen und weiterschlagen, bis der Schnee richtig fest ist. Dann in den Kühlschrank stellen.

Butter mit Nougat und Vollmilchkuvertüre im Wasserbad schmelzen. Ist alles geschmolzen, wieder vom Herd nehmen.

Eigelbe aufschlagen, den übrigen Zucker zugeben und cremig rühren. Die lauwarme Nougat-Schoko-Butter einrühren. Mehl mit Backpulver mischen und unterrühren. Dann Eischnee, Mandeln und Haselnüsse unterheben.

Teig in ein tiefes, gebuttertes Backblech füllen und im vorgeheizten Backofen bei 180 Grad ca. 20 - 30 Minuten backen. Auskühlen lassen, in Würfel schneiden und mit Puderzucker betreuen.

Zimtsterne

Zutaten für ca. 45 Stück:
- 5 Eiweiß
- 450 g Puderzucker
- 2 TL Zimt
- 1 EL Zitronensaft
- 500 g gemahlene Mandeln

Zubereitung:
Eiweiße mit dem Puderzucker steif schlagen. Dann den Zimt und Zitronensaft vorsichtig unterheben. Ca. 8 EL davon für den Guss abnehmen und beiseite stellen.

Die gemahlenen Mandeln unter die restliche Puderzucker-Ei-Masse rühren. Den Teig ca. 1 - 2 Stunden in den Kühlschrank stellen. Dann zwischen Backpapier ca. 1 cm dick ausrollen, Sterne ausstechen und mit der Eischneeglasur überziehen. Über Nacht trocknen lassen.

Am nächsten Tag den Backofen auf 200 Grad vorheizen und die Sterne ca. 5 - 8 Minuten backen. Sie sollten innen weich sein und die Oberfläche weiß bleiben.

Tipp:
Anstatt Zitronensaft können Sie auch Kirschwasser oder Amaretto verwenden.

Mandel-Ecken

Zutaten:

♦ 250 g Mandelstifte

♦ 100 g Butter

♦ 80 g brauner Zucker

♦ 100 g Zuckerrübensirup

♦ 1 Prise Salz

Zubereitung:

Butter, Zucker und Zuckerrübensirup in einem Topf erwärmen. Mandelstifte und Salz unterheben.

Masse auf ein mit Backpapier ausgelegtes Backblech streichen und im vorgeheizten Backofen bei 175 Grad ca. 10 Minuten backen. Etwas abkühlen lassen und in kleine Ecken schneiden. Vor dem Verzehr auskühlen lassen.

Obst-Kokos-Makronen

Zutaten:

- ◆ 75 g getrocknetes Obst
- ◆ 50 g Butter
- ◆ 2 Eiweiß
- ◆ 60 g Vanillezucker
- ◆ 60 g flüssiger Honig
- ◆ 200 g Kokosraspeln

Zubereitung:

Getrocknetes Obst in kleine Würfel schneiden. Butter schmelzen und abkühlen lassen. Eiweiß steif schlagen. Vanillezucker und Honig dabei nach und nach zufügen. Ca. 5 Minuten weiterschlagen. Dann Obst, Kokosraspeln und Butter unterheben.

Mit Hilfe von zwei Löffeln kleine Häufchen auf ein mit Backpapier ausgelegtes Backblech geben. Im vorgeheizten Backofen bei 175 Grad ca. 12 Minuten backen. Vor dem Verzehr richtig auskühlen lassen.

Anis-Orangen-Ecken

Zutaten:
- 2 Eier
- 1 Eiweiß
- 200 g Puderzucker
- 2 TL gemahlener Anis
- 50 g Zitronat
- 50 g gehackte Pistazien
- 2 EL Orangensaft
- 2 EL Zitronensaft
- 50 g Mehl
- 15 g Speisestärke

Zubereitung:
Zitronat fein schneiden. Eier, Orangensaft, die Hälfte des Puderzuckers und Anis schaumig rühren. Mehl, Speisestärke, Zitronat und Pistazien untermischen.

Den Teig auf ein mit Backpapier ausgelegtes Backblech streichen. Im vorgeheizten Backofen bei 175 Grad ca. 15 - 20 Minuten backen.

In der Zwischenzeit Eiweiß mit dem Zitronensaft und dem restlichen Puderzucker steif schlagen. Den Teig nach dem Backen noch heiß damit bestreichen und fest werden lassen. Dann in Ecken schneiden.

Weihnachtsmarmelade

Zutaten:

♦ 400 g Preiselbeeren (Glas)

♦ 400 g entsteinte Kirschen (Glas)

♦ 800 ml Orangensaft mit Fruchtfleisch

♦ 2 EL Zitronensaft

♦ 500 g Gelierzucker 1:3

♦ 4 TL Lebkuchengewürz

♦ 1 TL Kardamompulver

♦ 2 TL Zimt

♦ 2 - 3 TL Vanillezucker

Zubereitung:

Kirschen in einem Sieb abtropfen lassen und etwas klein schneiden. Dann zusammen mit den Preiselbeeren und Orangensaft mischen. Den Gelierzucker unterrühren. Gewürze sowie Zitronensaft zugeben und 4 - 5 Minuten aufkochen lassen. Zwischendurch eventuell entstehenden Schaum abschöpfen. Nach Wunsch die Masse pürieren.

Marmelade in Gläser füllen und sofort verschließen.

Weihnachtszucker

Zutaten:

♦ 250 g Zucker

♦ 2 EL Backkakao

♦ 2 - 3 EL Spekulatiusgewürz

♦ 2 Vanilleschoten

♦ 4 EL Vanillezucker

Zubereitung:

Die Vanilleschoten halbieren und das Mark herauskratzen.

Zucker, Vanillezucker, Vanillemark, Backkakao und Spekulatius-gewürz mischen. Dann fein mahlen.

Den Zucker in ein Glas füllen, die ausgekratzten Vanilleschoten hineinstecken und das Glas luftdicht verschließen. Den Zucker mindestens 1 Woche ziehen lassen. Je länger er zieht, desto mehr entfalten sich die Gewürze darin.

Tipp:

Passt zu Tiramisu, Waffeln, heißem Kakao, Milchreis oder Pudding.

Harmonie zur Weihnachtszeit
[Kindle Edition]

Sobald das Weihnachtsfest zur Pflichtveranstaltung wird, ist der Familienfrieden schnell gestört. Mit etwas Fantasie und Einfallsreichtum kann jeder das Beste für sich und seine Lieben daraus machen, sodass sogar die Schwiegermutter strahlt und die pubertierenden Kinder das Fest auf einmal gar nicht mehr so ätzend finden ...

Harmonie zur Weihnachtszeit ... ist Ansichtssache

Alle wichtigen Informationen dazu finden Sie bei Amazon.

Respekt für dich: Autorinnen und Autoren gegen Gewalt

WINTER~ UND WEIHNACHTS~ GESCHICHTEN

Jedes Wort ein Atemzug

karina-verlag

Jedes Wort ein Atemzug
Winter- und Weihnachtsgeschichten

Ein gemeinsames Buchprojekt gegen Gewalt, initiiert von der österr. Autorin Karin Pfolz, soll den gemeinsamen Weg Europas gegen Gewalt zeigen. 143 Autoren aus ganz Europa beteiligten sich dran. Die Reihe umfasst derzeit 4 Bände. Der Erlös aus den Büchern fließt in die Gewaltopferhilfe. In diesem Band finden sich Kurzgeschichten und Gedichte, rund um das Thema Weihnachten und Winter. Witzig, interessant, spannend, rührend und unterhaltend. Unterteilt ist das Buch in Geschichten für Kinder und Erwachsene.

ISBN: 978-3-9503-8624-0

Auch als E-Book erhältlich!

Nepomucks Abenteuer

Nepomuck ist ein lustiger kleiner Kobold, der mit seiner Familie in einem Kobolddorf in Norwegen wohnt. Er hilft dem Weihnachtsmann beim Geschenke verpacken in der Weihnachtswerkstatt und landet aus Versehen in einem dieser Päckchen. So tritt er nun im Schlitten des Weihnachtsmanns seine Reise in die Welt der Menschen an Welch spannende Abenteuer wird Nepomuck dort wohl erleben und wird er bei den Menschen ein neues Zuhause finden?

ISBN: 978-3-9030-5618-3

Auch als E-Book erhältlich!

Autorenprofil

Britta Kummer wurde 1970 in Hagen (NRW) geboren und lebt heute im schönen Ennepetal. Als gelernte Versicherungskauffrau entdeckte sie im Jahre 2007 das Schreiben und seit dieser Zeit bestimmt es ihr Leben.

Es macht ihr einfach großen Spaß, sich auf diese Art und Weise auszudrücken. Erst wurden ihre Werke im Bekanntenkreis herumgereicht und die Resonanz darauf war sehr positiv. Es dauerte nicht lange und schon hielt sie ihr erstes Buch in Händen.

Weitere Informationen finden Sie unter:
http://brittasbuecher.jimdo.com/

Willkommen zu Hause, Amy, ISBN: 978-3-8423-4736-6

Die Abenteuer des kleinen Finn, ISBN: 978-3-8448-1599-3

Kummers Kindergeschichten, ISBN: 978-3-7386-0100-8

Mein Leben mit MS, ISBN: 978-3-9030-5642-8

Kummers Schlemmerkochbuch, ISBN: 978-3-7322-3126-3

Vegetarischer Genuss - Quer Beet, ISBN: 978-1-5084-8474-5

Kleine Mutmachgeschichten, ISBN: 978-3-9030-5644-2

Geschichten für Groß und Klein - Anthologie, ISBN: 978-3-7347-4942-1

Schmökerkatalog mit Leseproben Anthologien [Kindle Edition]

Schmökerkatalog mit Leseproben 2 Bunt gemischt [Kindle Edition]

Danke

Der größte Dank geht an meine Eltern, weil sie immer für mich der Fels in der Brandung sind und mir helfen, all meine Höhen und Tiefen zu überwinden.

An meine Freunde, die immer da sind, wenn ich mal eine starke Schulter zum Anlehnen, zum Zuhören, zum Trösten, zum Weinen, aber auch zum Lachen, brauche.

An meine Autorenfreundinnen
Heidi Dahlsen
http://autorin-heidi-dahlsen.jimdo.com/

Christine Erdiç
http://christineerdic.jimdo.com/

Karin Pfolz
http://www.karinaverlag.at/

Caroline Régnard-Mayer
http://frauenpower-ms.jimdo.com/

für ihre kreative Unterstützung, unermüdliche Hilfe und dass sie mir immer mit Rat und Tat zur Seite stehen.

An meinen Autorenfreund
Peter Jentsch
http://www.pjart.de/

für das schöne Gedicht und die Gestaltung des Buchcovers.